超訳 古今和歌集

#千年たっても悩んでる

noritamami 著

ハーパーコリンズ・ジャパン

はじめに

むかし、むかし。今から1000年以上前。
時の帝、醍醐天皇《だいごてんのう》から、こんな命令が出されました。

「数ある和歌から、後世に残る優れたものを選んで献上するように」

選ばれた撰者は、紀友則《きのとものり》、紀貫之《きのつらゆき》、凡河内躬恒《おおしこうちのみつね》、壬生忠岑《みぶのただみね》の４名。
この４人は撰者というだけでなく歌人でもあるので、
自身の歌もちゃっかりと載せています。しかも、けっこうたくさん……。

それはともかく、
「最高の和歌集を俺たちの手で作ろうぜ！　前に出された万葉集を超えるものを！」
と、無数の和歌から選んで編纂《へんさん》すること、おおよそ10年。

ついに、4人の汗と涙の努力のかいあり、
1000を超える歌を収めた『古今和歌集』が完成したのです。

古今和歌集のまえがきには、こんなことが書かれています。

歌とは、天地をも動かし、
男女の仲をつなぎとめ、
武士の心も癒し、
鬼の目にも涙させ、
人々の心の糧になるものだと。

そんな歌を後世に残そうと。

和歌にこめられているのは、
恋の喜び。
夫婦関係の難しさ。
年をとった自分へのあきらめ。
死への恐怖。
仕事のやりがいや、大変さ。

さらには、春の桜、秋の月など自然を愛でる人々の思い。
また、花や月だけでなく、かわず（カエル）や、鹿など
馴染みの生き物もたくさん出てきます。

ちなみに古今和歌集1111首のうち一番多いのは、なんといっても恋の歌。その数なんと350首以上。次に四季の自然を歌ったものも300首以上あります。

この2つがメインで、さらに「お祝いの歌（賀歌）」「離別の歌」「哀傷の歌」「その他（雑歌）」などに分かれています。

本書では古今和歌集にならい「恋」の歌を中心にしつつ、「四季の歌」「お祝いの歌（賀歌）」「離別の歌」「哀傷の歌」「その他（雑歌）」もまんべんなく入れてあります。


選んだ基準はずばり「令和の今でも、変わらない思い」。

平安時代の人……というと、なんだかとても遠い存在に感じますが、意外や意外、考えていることや悩んでいることは、令和に生きる私たちとちっとも変わりません。

きっと読んでいるうちに、「わかるわかる」とうなずきたくなるはずです。

それではさっそく、1000年前の人々の心の中をのぞいてみましょう！

❶ 超訳

左のページにある原歌を、現代語で「超訳」したものです。

＊超訳とは……原歌を現代語訳したものを、さらに意訳。2段階の訳を経て、読みやすく砕いたものです。そのため、必ずしも原歌どおりに正しく訳すのではなく、意味合いを重視した訳になっています。

【原歌】⇓【忠実な訳】⇓【意訳】

好きバレしないように
がんばってるけど
友だちにも言えないのしんど
裏アカつくるかな

❷ 番号

『古今和歌集』巻第一から巻第二十の収録歌に振られている通し番号です。

❸ 歌の作者

歌を詠んだ人の名前です。有名歌人のものから〝詠み人知らず〟のものまであります。人名のふりがなは現代仮名づかいとしています。

古今和歌集519
詠み人知らず

忍ぶれば
苦しきものを
人知れず
思ふてふこと
誰に語らむ

解説
知られたくない。でも、誰かに言いたいこの気持ち。
恋の悩みは1000年前も一緒。

❹ **原歌**
『古今和歌集』に収録されたオリジナルの和歌です。（表記は参考文献に準ず）

❺ **解説**
歌の背景や意味合いについての、ちょっとした補足です。

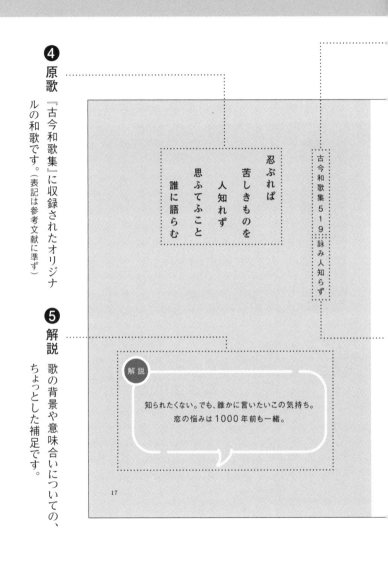

1000年前をのぞいてみたら
そこにはきっと
今とちっとも変わらない
「人と人」の風景——

最近ぜったい冷たいよね⁉
どうせ若くて
あざとかわいい女がいいんでしょ？
はあ、ほんと年とりたくないわ〜

古今和歌集782　小野小町《おののこまち》

今はとて
我が身時雨《しぐれ》に
降りぬれば
言の葉さへに
移ろひにけり

解説

恋人へ送った歌。これに対し、
相手は「冷たくなんてなってないよ」と返しています。

チラリズムって
なんだかんだ、最強！

古今和歌集476　在原業平《ありわらのなりひら》

見ずもあらず
見もせぬ人の
恋しくは
あやなく今日《けふ》や
ながめ暮さむ

解説

「さっきあの人の姿を見たような、見なかったような……」なかなか会えない相手だからこそ、恋心って募ってしまうものですね。

○○ちゃんおはよう😃
今日も元気カナ？💪
噂のカエル山はどうかな？⛰
恋しい○○ちゃん🥺♡
早くカエッテきて、カエッテきて🐸✨

古今和歌集370　紀利貞《きのとしさだ》

かへる山
ありとは聞けど
春霞
立ち別れなば
恋しかるべし

解説

かへる山は福井県にある山丘です。
「言霊信仰」により「かへる山」という名から、
恋人が帰ってくることが
実現すると信じられていました。

好きバレしないように
がんばってるけど
友だちにも言えないのしんど
裏アカつくるかな

古今和歌集519　詠み人知らず

忍ぶれば
苦しきものを
人知れず
思ふてふこと
誰に語らむ

解説

知られたくない。でも、誰かに言いたいこの気持ち。
恋の悩みは1000年前も一緒。

いやいやいや
この涙はまじもんだよ
見てよ、袖
濡れてるでしょ?
しぼってみよか?

古今和歌集576　藤原忠房《ふじわらのただふさ》

いつはりの
涙なりせば
唐衣《からころも》
しのびに袖は
しぼらざらまし

解説

「嘘泣きね」と言われたことへの返歌。

転職してー
てか、仕事したくねー
でも辞めたら、
嫁に殺されるー

古今和歌集955　物部吉名《もののべのよしな》

世の憂き目
見えぬ山路へ
入らむには
思ふ人こそ
ほだしなりけれ

解説

この歌の「思ふ人」とは、「家族」や「恋人」など「大切な人」です。仕事を辞めたり転職したりする時、そういう相手にこそ気を遣うのは、昔も今も変わらないのかもしれません。

あいつ、また仕事辞めたってよ
もう行くとこないんじゃね？

古今和歌集956　凡河内躬恒《おおしこうちのみつね》

世を捨てて
山に入る人
山にても
なほ憂き時は
いづち行くらむ

解説

当時の地方公務員だった「みつね君」。
歌はうまいけど仕事ではうだつが上がらず、
友人たちに「俺、出世ダメかも」という歌を作っては
せっせと送っていました。そんな彼が、
出家する人たちへの皮肉をこめた歌。

あーーもーーーー
忘れようとしてんだから
夢に出てこないでよー

古今和歌集569　藤原興風《ふじわらのおきかぜ》

わびぬれば
しひて忘れむと
思へども
夢といふ物ぞ
人だのめなる

解説

現実には叶わぬ恋でも、夢のなかでは優しくされて
期待してしまう。夢ってときに残酷です。

絶対来るっていうから待ってたのに
結局、ぼっちでオールじゃん
ふざけんな

古今和歌集691　素《そ》性《せい》法《ほう》師《し》

いま来むと
いひしばかりに
長月の
有明の月を
待ちいでつるかな

解説

男を待つ女。とうとう夜が明けてしまいました。

やっと彦ぴに会える……♡
でも、今日も
お泊まりは無理かな
雨で電車
止まればいいのに

古今和歌集176　詠み人知らず

恋ひ恋ひて
逢ふ夜はこよひ
天の川
霧立ちわたり
明けずもあらなむ

解説

七夕の日の「織姫」の気持ちを詠んだ歌です。
そんないじらしい織姫に対して、
衝撃の「彦星」の対応は次ページ。

ごめん織姫
天の川の電波マジ最悪で
道わかんなくなっちゃった
朝になっちゃったし
また来年にしよ🙏

古今和歌集177　紀友則《きのとものり》

天の河
あさせ白浪
たどりつつ
渡りはてねば
あけぞしにける

解説

もともと夫婦だった「織姫」と「彦星」は、
二人が働かなくなったのが原因で
織姫の父親（天帝）によって別居させられた
というのが七夕伝説です。

彦星はまだいいよ、
1年に1回会えるんだし
俺なんてそもそも
そんな子すらいないんだが？

古今和歌集612　凡河内躬恒《おおしこうちのみつね》

我のみぞ
かなしかりける
彦星も
逢はですぐせる
年しなければ

解説

「寂しくてしょうがないんだよ、俺」という
男のアピール歌です。

片思いって
死ぬほど苦しいよね

古今和歌集698　清原深養父《きよはらのふかやぶ》

恋しとは
たが名づけけむ
ことならむ
死ぬとぞただに
言ふべかりける

解説

「恋」の苦しみは
「死」レベルの苦しみだと言っています。

絶対に浮気はしていません
この匂いは、
彼女の匂いではありません

古今和歌集35　詠み人知らず

梅の花
立ち寄るばかり
ありしより
人のとがむる
香《か》にぞしみぬる

解説

浮気を疑われた男の「言い訳」です。

梅の花の香りがついただけ、と言っています（当時、女性は好きな花の匂いを着物につけていました）。

秋って人肌恋しいよね
あっちの鹿もさっきから
彼女ほしいってぼやいてるし
わかりみ深いぞ、同士

古今和歌集214　壬生忠岑《みぶのただみね》

山里は
秋こそことに
わびしけれ
鹿の鳴く音《ね》に
目をさましつゝ

解説

秋は鹿にとって恋の季節。
秋にふと寂しくなるのは、人も鹿も一緒です。

こうなったら
めざせ長寿王！
鶴亀ごえして
千年以上生きちゃって！

古今和歌集355

在原滋春《ありわらのしげはる》

鶴亀も
千年《ちとせ》ののちは
知らなくに
あかぬ心に
まかせはててむ

解説

60歳になる知人の長生きを願っての歌です。
日本では「鶴は千年、亀は万年」ですが、
中国ではどちらも千年です。

浮気しているあいつには
いいことばかり
真面目な俺が、バカみてる

古今和歌集１０５２　詠み人知らず

まめなれど
何ぞはよけく
かるかやの
乱れてあれど
あしけくもなし

解説

世の不条理を嘆いています。

会議中の3分は30分に感じるのに
デート中の3分は30秒に思える

古今和歌集636　凡河内躬恒《おおしこうちのみつね》

長しとも
思ひぞはてぬ
昔より
逢ふ人からの
秋のよなれば

解説

愛する人との時間はあっという間。

恋しか勝たん

だから今すぐ会いに行く
誰の目も、もう気にしない

古今和歌集６３３　紀貫之《きのつらゆき》

忍ぶれど
恋しき時は
あしひきの
山より月の
出でてこそくれ

解説

「山から月が出るのは自然なこと」。

だから「私があなたに会いたいのも自然なこと」

と言っているようです。

もう一軒どうです？
いい店ありますよ

古今和歌集392　僧正遍照《そうじょうへんじょう》

夕暮の
まがきは山と
見えななむ
夜は越えじと
宿りとるべく

解説

京都・花山の僧侶が、自分のお寺に参拝はするけど、
みな帰ってしまうので、泊まっていきなさいよ!
と「客引き」している歌です。
お寺に泊まれる宿坊は今も人気です。

あんたバカ？

古今和歌集375　詠み人知らず

唐衣《からころも》
たつ日はきかじ
あさつゆの
置きてしゆけば
消《け》ぬべきものを

解説

ある男が、地方に赴任することが決定。
その際に今までの妻を捨てて、新しい妻と行くことを
決めました。元妻に「出発する日」を伝えに
行った時に元妻が返した歌です。

みんなには内緒だけど
推しにめっちゃハマってます♡
富士山大噴火か！ってくらい
強火です♡

古今和歌集534　詠み人知らず

人知れぬ
思ひをつねに
するがなる
富士の山こそ
わが身なりけれ

解説

平安時代、富士山はしょっちゅう噴火していました。

#この人に振られました
#許すまじ
#拡散希望

古今和歌集603　清原深養父《きよはらのふかやぶ》

恋ひ死なば
たが名はたたじ
世の中の
常なきものと
言ひはなすとも

解説

「わたしが恋死したらあんたも噂になるよ」と
脅迫しています。

夏恋の2パターン

A　花火タイプ＝派手だけど一瞬

B　蚊取り線香タイプ＝地味だけど、長続き

私の恋はBタイプ

古今和歌集500　詠み人知らず

夏なれば
宿にふすぶる
蚊遣火《かやりび》の
いつまで我が身
下燃えをせむ

解説

蚊取り線香（蚊遣火）みたいに、
じっと長く燃えている恋。

このホトトギス野郎！

毎晩毎晩、

いろんな女のもとに通って

声出してんじゃないわよ！

古今和歌集710　詠み人知らず

誰《た》が里に
夜がれをしてか
郭公《ほととぎす》
ただここにしも
寝たる声する

解説

愛人の元に泊まる男に対して、女が放った言葉。
ホトトギスは、鳩よりちょっと小さい鳥で、
托卵《たくらん》することで有名。

マジ？
あの会社に就職って
もってんな、おい！

古今和歌集870　布留今道《ふるのいまみち》

日の光
薮《やぶ》しわかねば
いそのかみ
ふりにし里に
花も咲きけり

解説

無職ひきこもりの知人が、
突然「上級公務員（従五位下）」に任じられて、
びっくりしています。

「もう恋なんて絶対しない」は
無理

古今和歌集５０１　詠み人知らず

恋せじと
みたらし川に
せし禊《みそ》ぎ
神はうけずぞ
なりにけらしも

解説

恋は突然やってきます。

この前、カラオケオールしたら
「浮気してたんでしょ」って疑われて
マジ勘弁

古今和歌集２２９　小野美材《おののよしき》

女郎花《をみなへし》
多かる野辺に
宿りせば
あやなくあだの
名をやたちなむ

解説

女性がたくさんいる場所に泊まったら、
噂になるかと心配する男の歌。
当時「女郎花」は、美しい女性のたとえとして
歌によく使われました。

お嬢系に手出したら
向こうの家族に
出禁くらってさ
なんかいい方法ない？

古今和歌集632　在原業平《ありわらのなりひら》

人知れぬ
我が通ひ路の
関守《せきもり》は
よひよひごとに
うちも寝ななむ

解説

内緒で逢引していたのがバレて、娘に
警備員が付けられたのを恨んだ歌です。

今日彼、会いに来てくれるかな
来ないならこっちから押しかけたる！

古今和歌集690　詠み人知らず

君や来む
我やゆかむの
いさよひに
まきの板戸も
ささず寝にけり

解説

当時は「男が女を訪ねる」のが基本でした。
月を見ながら基本を破ろうか、じれったく思っています。

もう年明けるってのに
既読スルーのままかーい！
新年早々つらっ

古今和歌集３３８　凡河内躬恒《おおしこうちのみつね》

わがまたぬ
年は来ぬれど
冬草の
かれにし人は
おとづれもせず

解説

大晦日に詠んだ歌。
明日訪れる「新年」を目前にして、
会いに来てくれるどころか、
手紙ひとつ寄越さない人のことを嘆いています。

推しと一緒に暮らせたらな～
無理だよな～

古今和歌集236　壬生忠岑《みぶのただみね》

ひとりのみ
ながむるよりは
女郎花《をみなへし》
我が住む宿に
植ゑて見ましを

解説

憧れの女性と暮らしたいと願う男の歌です。

なんでいっつも
始発で
帰っちゃうのー？涙

古今和歌集640　寵《うつく》

しののめの
別れを惜しみ
我ぞまづ
鳥より先に
鳴きはじめつる

解説

共寝したあとの朝、ニワトリが鳴くより
早く帰ってしまうのを悲しんで。

近所迷惑なんで
ハトに餌あげないでください

古今和歌集442　紀友則《きのとものり》

我が宿の
花踏みしだく
鳥打たむ
野はなければや
ここにしも来る

解説

花壇に来る鳥を、迷惑に思う男。

今日、告白しよう
明日、告白しよう
あさって、告白しよう……
って言いつづけて、何年目？

古今和歌集 454 紀乳母《きのめのと》

いささめに
時待つまにぞ
日は経ぬる
心ばせをば
人に見えつつ

解説

勇気が出ないまま、時だけが無情に過ぎていきます。

準備ばんたん！
ばっちこーーい!!

古今和歌集730　詠み人知らず

めづらしき
人を見むとや
しかもせぬ
我が下紐の
解けわたるらむ

解説

平安時代、下着の紐が自然に解けるのは「恋しい人に会える前兆」というジンクスがありました。
だから、何度も下紐が解けて
「やった、あの人に会える!」と期待する歌です。

勝負下着にしてみたよ？
今夜こそ
来てくんない？

古今和歌集５０７　詠み人知らず

思ふとも
恋ふとも逢はむ
ものなれや
結ふ手もたゆく
解くる下紐

解説

下紐のジンクスにかけて「あなたに会いたい」と、
男に誘いかけるメッセージ。

女
「まずはお友だちから……」
男
「まずはお手合わせを……」

古今和歌集1099　詠み人知らず

をふのうらに
片枝《かたえ》さしおほひ
なる梨の
なりもならずも
寝て語らはむ

解説

「なにはともあれ寝てみよう」と、ベッドに誘う男。
目的が行き違う男と女。

噂になってるから
しばらく会うのやめない？

古今和歌集716　詠み人知らず

空蝉《うつせみ》の
世の人言《ひとごと》の
しげければ
忘れぬものの
離《か》れぬべらなり

解説

二人の関係がバレそうだから
「ちょっと距離を置こう」という歌。

「恋」とかけて
「桜の花」ととく

そのココロは、どちらも
「秒で咲いて、秒で散る」でしょう

古今和歌集83

紀《きの》貫《つら》之《ゆき》

桜花
とく散りぬとも
おもほえず
人の心ぞ
風も吹きあへぬ

解説

ある人が「桜の花より早く散るものはない」と言ったことに対し、「いや、人の恋心のほうがよほど移り気だよ」と応えた歌。

ひと夏の想い出……
ってことで
私のことは
とっとと忘れて？

古今和歌集719　詠み人知らず

忘れなむ
我をうらむな
郭公《ほととぎす》
人の秋には
あはむともせず

解説

夏に鳴く郭公（ホトトギス）が
秋には鳴かなくなるように、冷める恋。

月見たら
泣けてきちゃうんだ
ボクってほんと繊細

古今和歌集193　大江千里《おおえのちさと》

月見れば
ちぢに物こそ
悲しけれ
わが身ひとつの
秋にはあらねど

解説

歌手・大江千里（おおえせんり）ではありません、
歌人・大江千里（おおえのちさと）です。
百人一首にも取られている、
秋を代表する有名な和歌です。

バレたらマジやばいから
知らない人ってことで
よろしく！

古今和歌集649　詠み人知らず

君が名も
我が名も立てじ
難波《なには》なる
みつとも言ふな
あひきとも言はじ

解説

秘密の恋人関係。

「見た（みつ）」と言うな、自分も「会った（あひき）」と言わないから……と強く言いくるめています。

え、引っ越しちゃうの⁉
ボクもついてく‼

古今和歌集1049　藤原時平《ふじわらのときひら》

唐土《もろこし》の
吉野の山に
籠《こも》るとも
遅れむと思ふ
我ならなくに

解説

彼女が遠くに行ってしまうと聞いて。

遠距離恋愛させちゃって
ごめんね姫

古今和歌集689　詠み人知らず

さむしろに
衣片敷き《ころもかたし》
今宵もや
我を待つらむ
宇治の橋姫

解説

布団で一人寝ている遠距離恋愛の恋人を
想像しながら詠んだ歌です。

昔はかわいいかわいい
言われて
結構モテたんだけどな〜

古今和歌集113　小野小町《おののこまち》

花の色は
移りにけりな
いたづらに
わが身世にふる
ながめせしまに

解説

百人一首にも収録された小野小町の代表作。

あっ、元カノと同じ香水
今ごろどうしてんのかな

古今和歌集139　詠み人知らず

さつきまつ
花橘《はなたちばな》の
香《か》をかげば
昔の人の
袖の香ぞする

解説

当時は、着物に好きな匂いを焚きしめていました。

おまえが
わたしにプロポーズだと？
1億年早いわっ！！！！

古今和歌集1027　詠み人知らず

あしひきの
山田のそほづ
おのれさへ
我を欲してふ
うれはしきこと

解説

魅力を感じない男性からの求婚を
疎ましく思っています。相手を「かかし(そほづ)」に
たとえるとは、なかなかです。

家売った
お金にはなったけど
跡地見てたら
なんか切な

古今和歌集９９０　伊勢《いせ》

あすかがは
ふちにもあらぬ
我が宿も
せにかはりゆく
物にぞ有りける

解説

家を売って「お金になった（せにかはりゆく）」時の
歌です。お金には換えられないものも、
世の中にはあります。

やっぱ
清楚系って……
いいよな

古今和歌集695　詠み人知らず

あな恋し
今も見てしが
山がつの
かきほに咲ける
やまとなでしこ

解説

可憐で美しい日本女性の美称「やまとなでしこ」。
そんな「やまとなでしこ」のような女性に
素直に恋焦がれる男性の歌。

わたしが浮気？
ない、ない

古今和歌集1093　詠み人知らず

君をおきて
あだし心を
わがもたば
すゑの松山
波もこえなむ

解説

恋する気持ちが変わることは、「海の波が高い山を越えるくらい」ありえないと断言しています。

拝啓
刑務所に入りました
そこで魚を育てています

古今和歌集961　小野篁《おののたかむら》

思ひきや
ひなの別れに
おとろへて
海人《あま》の縄たき
漁《いさ》りせむとは

解説

絶海の孤島と言われた島に流罪になった時に、
詠んだもの。小野篁は、
遣隋使で有名な小野妹子《おののいもこ》の子孫で、
さらに小野小町のおじいちゃんとも言われています。

今日だめだ
メンタルやば

三日月のココロ@低浮上

古今和歌集1059　詠み人知らず

宵の間に
いでて入りぬる
三日月の
われて物思ふ
ころにもあるかな

解説

思い悩むあまり心が粉々、
三日月みたいに細くなってしまったよ、という歌。

徹夜明けの月見ると
振られたときのこと
思い出すんだよね

……(T_T)

古今和歌集625　壬生忠岑《みぶのただみね》

有明の
つれなく見えし
別れより
暁ばかり
憂きものはなし

解説

夜明けの月を見るたびに「別れ」を思い出す男。

なぬ？　枯れおじ？
心は現役バリバリ
花ざかりじゃぞ！

古今和歌集875　兼芸法師《けんげいほうし》

かたちこそ
深山《みやま》がくれの
朽木《くちき》なれ
心は花に
なさばなりなむ

解説

女たちに見た目で笑われて。
「外見じゃなくて中身を見てよ」と言っています。

いや〜部長
今日のお話サイコーでした！
次いつ飲み行きます？
いまから楽しみだな〜

古今和歌集399　凡河内躬恒《おおしこうちのみつね》

別るれど
うれしくもあるか
今宵より
あひ見ぬさきに
何を恋ひまし

解説

別れを惜しむ歌が多い中、「次に会う楽しみができた」という珍しくポジティブな歌。
相手は兼覧王《かねみのおおきみ》です。

現場のことわかってない人ほど
うるさく言ってくるんだよね
外野は黙っとれ！

古今和歌集1013　藤原敏行朝臣《ふじわらのとしゆきのあそん》

いくばくの
田を作ればか
郭公《ほととぎす》
しでの田長《たをさ》を
朝な朝な呼ぶ

解説

忙しい田長や農民に口出ししてくる、
ホトトギスみたいにうるさい人。
こういう人って、いつの時代にもいますよね。

みんなソッコーで時給UPしてるのに
私は元の時給のまま。なぜ？
店長気づいてます？　このこと

古今和歌集998　大江千里《おおえのちさと》

葦鶴《あしたづ》の
ひとりおくれて
鳴く声は
雲の上まで
聞こえ継がなむ

解説

自分だけ官位昇進が遅れていることを訴えている歌。

ついに転勤かー
しかも僻地だし
うちブラックだから断れないし
毎日LINEするからね（涙）

古今和歌集３６７　詠み人知らず

限りなき
雲居のよそに
別るとも
人を心に
おくらさむやは

解説

平安時代も「あの地方をおさめてこい」と主君から
単身赴任を命じられることが多々ありました。
「遠く離れても忘れないよ」と、
残していく相手に言っています。

会社、クビになっちゃった
だから今は、君に会えない

古今和歌集963　小野春風《おののはるかぜ》

天彦《あまびこ》の
おとづれじとぞ
今は思ふ
我か人かと
身をたどる世に

解説

左近将監の職を罷免されて、動揺しています。

浜の「松」を見ながら
○○ちゃんを「待つ」のも
おつですな
ナンチャッテ

古今和歌集915　紀貫之《きのつらゆき》

沖つ浪
たかしの浜の
浜松の
名にこそ君を
待ちわたりつれ

解説

浜の「松」と「待つ」をかけた、
いわばおやじギャグな歌。

もう、スライムでも
悪役令嬢でもいいから
転生してー！

古今和歌集520　詠み人知らず

来む世にも
はやなりななむ
目の前に
つれなき人を
昔と思はむ

解説

恋に苦しむあまり、生まれ変わって
人生リセットしたいと考えています。

#うれしすぎ♡
#まじあがる♡
#ハンパない♡

古今和歌集８６５　詠み人知らず

うれしきを
何に包まむ
唐衣《からころも》
袂《たもと》ゆたかに
たてと言はましを

解説

抽象的な「嬉しさ」を表現した歌。

（ｙｏ！　ｙｏ！）
おまえにとって俺マジ落ち葉
ポイ捨てされて
どうなんの俺の立場
忘れらんね
おまえと行ったＣＨＩＢＡ！

古今和歌集823　平貞文《たいらのさだふん》

秋風の
吹き裏返す
くずの葉の
うらみてもなほ
うらめしきかな

解説

あっさり心変わりされたのを恨んでいます。
「うら」を３回繰りかえして韻を踏んでいます。

見舞いすら
来ないとか！
まじないわ！

古今和歌集789　兵衛《ひょうえ》

死出の山
麓《ふもと》を見てぞ
帰りにし
つらき人より
まづ越えじとて

解説

病に伏せっていたとき見舞いに来なかった
相手へ皮肉をこめて。
「おまえより絶対長生きしてやる!」と締めています。

桜と酔っ払い見ると
「春だな〜w」って

古今和歌集56　素性法師《そせいほうし》

見渡せば
柳桜を
こきまぜて
都ぞ春の
錦なりける

解説

山の上から京都を一望して、「この景色こそ春だ」と歌っています。歌のように「桜」と「柳」をまぜた「柳桜」という紋様があります。

春の桜ハンパないって
あんなソッコーで散れる？

普通

古今和歌集84　紀友則《きのとものり》

久方の
光のどけき
春の日に
静心なく
花の散るらむ

解説

百人一首にも採用された有名な歌。

がっかり観光地じゃん
来て損したわｗ

古今和歌集441　詠み人知らず

ふりはへて
いざふるさとの
花見むと
来しを匂ひぞ
移ろひにける

解説

遠くまで花を見に来たけど、
すでに散ってしまっていました。

いつ咲くの？
いまでしょ！

古今和歌集395　幽仙法師《ゆうせんほうし》

ことならば
君とまるべく
匂はなむ
帰すは花の
憂きにやはあらぬ

解説

貴人が来ているので「いま咲き誇らなければ、
桜の名が聞いてあきれるぞ」と、
桜の木にはっぱをかけています。

ぼく、植物系男子
だれか摘んでかない？

古今和歌集１０３１　藤原興風《ふじわらのおきかぜ》

春霞
たなびく野辺の
若菜にも
なりみてしがな
人も摘むやと

解説

若菜に生まれ変わって、
女性に持ち帰ってほしい願望。

私のこと、捨てるの?

古今和歌集３７７　詠み人知らず

えぞ知らぬ
いま心みよ
命あらば
我やわするゝ
人やとはぬと

解説

男が遠くに旅立つ時の歌。

理想のタイプ？
男なら♡

古今和歌集９３８　小野小町《おののこまち》

わびぬれば
身をうき草の
根を絶えて
誘ふ水あらば
いなむとぞ思ふ

解説

男友だちから「俺んとこ来ないか?」と言われて。
誘ってくれるなら誰でも……と、
少し自暴自棄ぎみです。

この世は地獄ってのが
陰キャな俺の人生観

古今和歌集957　凡河内《おおしこうちの》躬恒《みつね》

今更に
なに生ひいづらむ
竹の子の
憂き節しげき
世とは知らずや

解説

悩んでいる時に、赤ちゃんを見て
「人生大変なのになんで生まれてきたの」と
つぶやいています。

こんな当たり飲み
一次会で終われないっしょ！

古今和歌集238　平貞文《たいらのさだふん》

花にあかで
なに帰るらむ
女郎花《をみなへし》
おほかる野辺に
寝なましものを

解説

「女郎花」を女性に見立て、
可愛い女の子がいるのに、
すぐ帰るのはもったいないと歌っています。

「もしかして……

入れかわってる⁉」

って、あの子とやってみたい

古今和歌集540　詠み人知らず

心がへ
する物にもが
片恋は
苦しきものと
人に知らせむ

解説

目的は
「どれだけ自分が相手のことを好きか、
わかってもらうため」です。

既読スルーからの
未読スルー
なんか心配だわ

古今和歌集327　壬生忠岑《みぶのただみね》

み吉野の
山の白雪
踏みわけて
入りにし人の
おとづれもせぬ

解説

雪の吉野山へ仏門の修行のために入った友人から
連絡が途絶えたことを心配している歌です。

恋が叶う方法？
ウソやん！

古今和歌集１０２４　詠み人知らず

恋しきが
方も方こそ
有りと聞け
立てれをれども
なき心地かな

解説

居ても立っても居られない。

好きな人は
振り向いてくれなくて
好きじゃない人には
好かれる

あるあるだよね

古今和歌集１０４１　詠み人知らず

我を思ふ
人を思はぬ
むくいにや
我が思ふ人の
我を思はぬ

解説

みんな片想いでペア不成立状態。

飛んで火に入る
俺の夏恋
失恋確定！

古今和歌集561　紀友則《きのとものり》

宵の間も
はかなく見ゆる
夏虫に
惑ひまされる
恋もするかな

解説

平安時代、灯《ともしび》がわりの火に虫が飛び込み、
焼け死ぬことがありました。
いわゆる「飛んで火に入る夏の虫」。
自身の恋をそれに喩えています。

いまさら帰れと言われても
終電もタクシーも
ないんですが……

古今和歌集389　藤原兼茂《ふじわらのかねもち》

したはれて
来にし心の
身にしあれば
帰るさまには
道も知られず

解説

もうそろそろ帰ったらと言われて。

絶対飽きられたよね、これ
へこむわ〜

古今和歌集822　小野小町《おののこまち》

秋風に
あふたのみこそ
かなしけれ
我が身むなしく
なりぬと思へば

解説

チヤホヤされた小野小町も、
晩年は寂しい思いをしたと言われています。

〈カテゴリ：恋愛〉

男友達に告白されたんですが
本気なのか疑ってしまいます
どうしたら彼の本心が
わかるでしょうか？

（匿名さん）

古今和歌集１０３８　詠み人知らず

思ふてふ
人の心の
くまごとに
立ち隠れつつ
見るよしもがな

解説

好きだと言ってくる相手の本心を知りたい女。

「おじさんキモーい！」って
いやいや君たちも
チヤホヤされるのなんて
一瞬だからな？

古今和歌集1016　僧正遍照《そうじょうへんじょう》

秋の野に
なまめきたてる
女郎花《をみなへし》
あなかしがまし
花も一時《ひととき》

解説

騒がしい女の子たちを前にして、
若い盛りなんて一瞬のものだと、
冷ややかに見ています。

人間
いつかは死ぬけどさ
え、いま？
まじ？

古今和歌集861　在原業平《ありわらのなりひら》

つひにゆく
道とはかねて
聞きしかど
昨日今日とは
思はざりしを

解説

病気になり「このまま死んじゃうの?」と、
心細くなった時の歌。

いまの仕事には満足
でも、白髪はわたしだけ？
まわりから浮いてない？

古今和歌集8　文屋康秀《ふんやのやすひで》

春の日の
光に当たる
我なれど
かしらの雪と
なるぞわびしき

解説

白髪を気にしています。

鏡に映ってる
疲れた白髪のおじさん、
誰？

古今和歌集460　紀貫之《きのつらゆき》

うばたまの
我が黒髪や
かはるらむ
鏡の影に
降れる白雪

解説

こちらも白髪を気にしています。

一万年と二千年後の
あなたに会いたい

古今和歌集347　光孝天皇《こうこうてんのう》

かくしつつ
とにもかくにも
ながらへて
君が八千代に
あふよしもがな

解説

当時としては高齢の70歳のお祝いに、
長寿を願って。

たいせつなあなた
長生きして元気に暮らしてください
あの小さな石が
いつか大きな岩になる、その日まで

古今和歌集３４３　詠み人知らず

我が君は
千代に八千代に
さざれ石の
巌《いはほ》となりて
苔のむすまで

解説

国歌「君が代」の元となった歌です。

老いてからが
人生！

古今和歌集903
藤原敏行朝臣《ふじわらのとしゆきのあそん》

老いぬとて
などか我が身を
せめきけむ
老いずは今日に
あはましものか

解説

人生100年時代の今にぴったりの歌。
「老いたからこそ、喜ばしい今日がある」と
歌っています。

おわりに

超訳 古今和歌集、いかがだったでしょうか。

絶世の美女と言われていた小野小町《おののこまち》が、「もう男だったら誰でもいいわ」なんて歌を詠んでいたり、プレイボーイで有名な在原業平《ありわらのなりひら》は「らしさ全開」で数々の恋歌を詠んでいたり。

また、貴族といえども、仕事の人間関係や昇進の遅い早いで悩んでいる姿には思わず共感。

21世紀の令和とまったく同じように「せっかく桜の花が咲いたのに、すぐ散っちゃうね」なんて歌もありました。

古今和歌集は難しく、手に取りにくいと思っていませんか？　実は、枕詞とか古語とか、そういうものをいったん取っ払ってみると、そこには現代となんら変わらない人々の生活が見えてきます。

ちなみに『古今和歌集』は、実はこれで終わりではありません。この後にも『新古今和歌集』（1205年）『続古今和歌集』（1265年）『新続古今和歌集』（1439年）と500年以上も続いていくのです。

また「これで終わり」が宣言されたわけでもありません。たとえば22世紀あたりに「新しい古今和歌集作ろうぜ！」となるかもしれないのです。

その時に載る新しい歌は、ひょっとして今みなさんが日々SNSに上げているつぶやきかもしれませんし、何気なく友人に送ったLINEのメッセージかもしれません。その頃にはもう動画付きかも。

実際に古今和歌集に「詠み人知らず」の歌が多く収録されているのも、何気なく知人や友人に送ったメッセージが「これ、いいじゃん」となって人々の間で話題になり、残ったものだからです。つまり、新しい古今和歌集には、実はあなたの言葉・歌が載っているかもしれないんです。

だけど、もし1000年後に新しい『古今和歌集』が生まれたとしても、その中で歌われるのは、やっぱり今を生きる私たちと変わらない、想いや悩みなのかもしれませんね。

noritamami

参考文献

『日本古典文学全集〈7〉古今和歌集』
小沢正夫（校注・訳）　小学館

『古今和歌集（1）～（4）』
久曽神昇（訳注）　講談社

『古今和歌集』
佐伯梅友（校注）　岩波書店

『古今和歌集（新潮古典文学アルバム）』
小町谷照彦・田久保英夫（著）　新潮社

『古今和歌集　笠間文庫・原文&現代語訳シリーズ』
片桐洋一（訳注）笠間書院

『古今和歌集　新潮日本古典集成　第19回』
奥村恆哉（校注）新潮社

『古今和歌集 ビギナーズ・クラシックス 日本の古典』
中島輝賢（編）　KADOKAWA

国際日本文化研究センター　データベース　古今集
https://lapis.nichibun.ac.jp/waka/waka_i001.html

［著者紹介］
noritamami
雑学王として知られ、『つい話したくなる 世界のなぞなぞ』（文藝春秋）、『へんなことわざ』（KADOKAWA）など30冊以上の著作がある。
幼少期より琴をならい、『古今和歌集』をはじめとする和歌をたしなんできた。

超訳 古今和歌集
#千年たっても悩んでる

2023年7月10日発行 第1刷

著者	noritamami
発行人	鈴木幸辰
発行所	株式会社ハーパーコリンズ・ジャパン 東京都千代田区大手町1-5-1 03-6269-2883（営業） 0570-008091（読者サービス係）
イラスト	鈴木勇介
ブックデザイン	沢田幸平（happeace）
編集協力	企画のたまご屋さん
印刷・製本	中央精版印刷株式会社

Printed in Japan
ISBN978-4-596-52226-9